Johann Nepomuk Nussbaum

Ueber den Schock grosser Verletzungen und Operationen: nebst Mittheilungen über Laparotomien

Antigonos

Johann Nepomuk Nussbaum

Ueber den Schock grosser Verletzungen und Operationen: nebst Mittheilungen über Laparotomien

Unveränderter Nachdruck der Originalausgabe von 1877.

1. Auflage 2024 | ISBN: 978-3-38635-091-4

Antigonos Verlag ist ein Imprint der Outlook Verlagsgesellschaft mbH.

Verlag: Outlook Verlag GmbH, Zeilweg 44, 60439 Frankfurt, Deutschland
Vertretungsberechtigt: E. Roepke, Zeilweg 44, 60439 Frankfurt, Deutschland
Druck: Libri Plureos GmbH, Friedensallee 273, 22763 Hamburg, Deutschland

Ueber den

Schok grosser Verletzungen und Operationen

nebst

Mittheilungen über Laparatomien

von

Prof. Dr. von Nussbaum,

k. Generalstabsarzt a. l. s.

— — —

(Vortrag. gehalten am 3. März 1877 in der Sitzung des Aerztlichen Bezirksvereines München.)

Mit zwei Holzschnitten.

MÜNCHEN

JOS. ANT. FINSTERLIN

1877.

Wenn durch gewaltsame, heftige und plötzliche Erregung peripherer Gefühlsnerven reflectorisch eine Paralyse des Herzens entsteht, so bezeichnet man diesen Zustand als **Schok** der Verletzung, und ist der paralytische Zustand des Herzens von solcher Dauer und Grösse, dass dadurch der Tod eintritt, so sagt man: der Verletzte ist am Schoke der Verletzung gestorben, und erwartet von einer Section der Leiche keinen weiteren Aufschluss über die Todesursache.

In den statistischen Berichten früherer Zeiten sind die Zahlen der am Schoke grosser Verletzungen und Operationen Gestorbenen unendlich viel grösser als in der Jetztzeit, obwohl man gerade das Gegentheil vermuthen möchte, weil der Schok einer Verletzung gewiss um so viel wahrscheinlicher und grösser ist, je sensibler das Individuum ist, und weil gewiss Niemand behaupten wird, dass die Menschen der Jetztzeit abgehärteter und weniger sensibel seien als früher.

Unsere Praxis, in welcher wir stets mit Eisen, China, Morphium und Baldrian, mit Wein und Fleischextract zu arbeiten haben, beweist wohl zur Genüge das Gegentheil, so dass die auffallende Verkleinerung dieser statistischen Zahlen einen anderen Erklärungsgrund haben muss.

In der That ist es nicht die Abhärtung der Menschen, welche jetzt weniger am Schoke schwerer Operationen und Verletzungen zu Grunde gehen lässt als früher, sondern es ist der Fortschritt der Wissenschaft, es ist der Erfolg des

*

Experimentes, der Mikroskopie, es ist namentlich die enorme Entwicklung der pathologischen Anatomie, welcher wir das Aufdecken einer Reihe von Irrthümern verdanken, welche für viele Fälle, die man früher auf sehr bequeme und billige Art unter die Rubrike des Schokes schrieb, mit Bestimmtheit andere Todesursachen nachwiesen, wovon ich Ihnen, meine verehrten Herren Collegen, heute einige Zustände, deren genaue Kenntniss auch therapeutischen Werth hat, aufzählen will.

Wir finden in den Statistiken viele Todfälle als Schok bezeichnet, wo nach den Verletzungen und Operationen einige Stunden oder selbst ein Paar Tage die Hoffnung auf Genesung gerechtfertigt war, plötzlich aber die Temperatur sank, der Puls fadenförmig wurde und unter allen Zeichen des Collapses der Tod eintrat, ohne dass bei den Sectionen ein objectiver Anhaltspunkt hiefür gefunden wurde.

Professor Czerny hat aber gewiss Recht, wenn er die Annahme eines Schokes ausgeschlossen wissen will, sobald nach der Operation oder Verletzung längere Zeit Wohlbefinden und ein ungefährlicher Zustand vorhanden war. In der That finden diese Fälle in genügender Weise jetzt eine andere Erklärung. Was Marion Sims bei der Statistik der Ovariotomie als irrthümlich nachgewiesen hat, das kann man für alle anderen Operationen und Verletzungen in ganz gleicher Weise verwerthen.

Alles Leben, alle Functionen wichtiger Organe, die Thätigkeit des Herzmuskels hängt von der chemischen Beschaffenheit des Inhaltes der Zellen ab, aus welchen diese Organe gebaut sind. Nur so lange Endosmose und Exosmose in den Zellen eine normale Ernährung erzielen, functionirt das Organ normal. Auch ein grosser Theil der Wärmeentwicklung und die Regulirung der elektrischen Verhältnisse sind, wie Sie wissen, durch diesen Stoffumsatz bedingt.

Wird nun der Zellen-Inhalt auf irgend eine Weise vergiftet, abnorm zusammengesetzt, oder mangelhaft, so lässt die

Function aller dieser wichtigen Organe sofort nach und hört bei Steigerung dieser krankhaften Verhältnisse ganz auf. Eine solche abnorme chemische Beschaffenheit des Zelleninhaltes, eine solche Vergiftung tritt aber sehr oft und recht bald nach schweren Verletzungen und Operationen ein.

Theils sind es Gewebstheile, die eine so grosse Zermalmung erfahren haben, dass sie nicht mehr lebensfähig sind und beim Zutritt der atmosphärischen Luft eine faulige Zersetzung eingehen, theils sind es Blutgerinnsel, Ausschwitzungen, die ebenfalls einen septischen Process durchmachen. Nichts aber kann mit den lebenden Geweben in Berührung bleiben, ohne dass davon resorbirt und in die Lymphgefässe und in die Venen gebracht würde. Es wird also sofort ein septischer Zustand eintreten, auch der Zelleninhalt wird mit septischen Stoffen versorgt werden, eine abnorme chemische Beschaffenheit, eine septische Vergiftung erfahren, und alle wichtigen Organe, auch der Herzmuskel werden functionsunfähig und der Collapsus ist fertig.

In manchen Geweben ist der Process der Resorption ein ungeheuer schneller und ergiebiger. In der Peritonaealhöhle z. B. kann, wie die ausgezeichneten Experimente des Hrn. Collegen W e g n e r, eines Assistenten unseres grossen Meisters v. L a n g e n b e c k, zeigen, in einer Stunde eine Flüssigkeits-Masse resorbirt werden, welche 5—8 Procente des ganzen Körpergewichtes beträgt; in 1—2 Tagen eine Masse, welche dem ganzen Körpergewichte gleich ist.

Die Resorption ist wohl desshalb eine so schnelle, weil das Endothel des Zwerchfelles keine continuirliche Membran ist, sondern Stomata, Löcher, besitzt, die in grosse Lymph-Gefässe führen und durch den Ductus thoracicus rasch in die Vena anonyma leiten.

Injicirt man Arzneien oder Gifte in die Peritonaeal-Höhle, so erscheint die Wirkung fast ebenso schnell, als ob man eine Infusion in die Venen gemacht hätte. Die Resorption im Magen, im Darme und selbst im subcutanen Zellgewebe ist um Vieles langsamer. Eine ganz kleine Quantität Chloral-Hydrat z. B. wirkt, wenn es in die Peritonaealhöhle injicirt wird, nahezu augenblicklich schlafmachend.

Diese Resorptionsthätigkeit wird noch unterstützt und gesteigert durch die peristaltische Bewegung, welche Alles, was in die Peritonaealhöhle gelangt, verreibt und auf eine grosse Resorptionsfläche vertheilt, wesshalb auch z. B. ein ganz kleines Kothextravasat so enorm rasch und bedeutend schadet; ferners wird diese Resorptionsthätigkeit ganz besonders durch die Spannung, durch den Druck der Bauchpresse gesteigert. Die Stärke dieses Druckes hat einen ganz wesentlichen Einfluss auf die Quantität des Resorbirten.

Spritzte Wegner in die Peritonaealhöhle eines Thieres 200 Cubikcentim. destillirten Wassers ein, so wurden hievon in einer Stunde 134 Cubikcentim. resorbirt; spritzte er aber nur 100 Cubikcentim. ein, so wurden in einer Stunde nicht etwa diese 100, sondern nur 50--60 resorbirt, weil die Spannung eine viel geringere war.

Im normalen Zustande steht diesem enormen Resorptions-Vorgange ein ebenso üppiges, das Gleichgewicht haltendes Transudationsvermögen gegenüber. Das Peritonaeum kann in 1—2 Tagen auch ein Transudat liefern, dessen Gewicht dem des ganzen Körpers gleich ist.

Werden die Spannungs-Verhältnisse abnorm geändert, so werden die Transudats- und Resorptions-Verhältnisse aus dem Gleichgewichte kommen. Wird bei einer Verletzung oder Operation durch Eröffnung der Bauchhöhle die Spannung aufgehoben oder verringert, so wird der Transudats-Vorgang die Resorption überflügeln, und sehr leicht ein Erguss zu Stande kommen.

Im normalen Zustande ist das Transudat des Peritonaeums dem Blutserum analog und da das Endothel des Peritonaeums auch dem Endothel der Blutgefässe gleicht, so ist es erklärlich, dass ein Bluterguss in die Peritonaealhöhle unter sonst günstigen Verhältnissen lange vom Zerfalle und von der Zersetzung frei bleiben kann, weil das Blut unter den gleichen Verhältnissen, wie im Innern eines Gefässes, fortlebt.

Ebenso müssen wir uns das Fortleben der sogenannten Corpora libera in der Peritonaeal-Höhle erklären, und das Anwachsen und Ernährtwerden eines mit dem Ecraseure abgeschnürten Ovarium-Stieles etc.

Kommen hiezu aber ungünstige Verhältnisse, wie Beimischung von Fäulnisserregern oder eine Spur Eiter und Jauche, so wird bei der Vehemenz des eben beschriebenen Resorptionsprozesses in wenigen Stunden eine tödtliche Septichaemie entstehen, und da die schädliche Masse in vielen solchen Fällen so vollkommen resorbirt worden war, dass bei einer Obduction gar nichts mehr davon gesehen wurde, so ist es erklärlich, dass man immer wieder solche Fälle in die Rubrik des Schokes zählte und den durch **Septichaemie** rasch erzeugten Collapsus, als Erfolg des neuroparalytischen Vorganges eines Schokes ansah.

Ein anderer Vorgang, welcher diesem etwas gleicht und auch oft fälschlich als Schok bezeichnet wird, kommt bei alten Leuten vor.

Man beobachtet, dass sie eine Operation gut überstehen, freut sich ein Paar Tage über ihr vortreffliches Befinden, nicht Ein übler Zufall tritt ein, nichts zerfällt, die Wunde ist nicht septisch, keinerlei Klage wird vernommen und doch sinkt plötzlich die Temperatur auf 34 oder 35°, hört der Puls auf und kömmt ein tödtlicher Collapsus.

Auch hier sprach man von einem neuroparalytischen Zustande, vom Schoke des Eingriffes, welchen eben der geschwächte Organismus nicht mehr ertragen konnte.

Ich zweifle aber keinen Augenblick, dass dieser Tod von dem **Blutverluste** erzeugt ist, welcher bei der Operation stattfand.

Es ist irrig, wenn man meint, dass ein zu grosser, ein tödtlicher Blutverlust eine Erholung nach der Operation ein mehrstündiges, ja selbst tagelanges Wohlbefinden ausschliessen würde. — Enorme Blutverluste, namentlich sehr rasche Blutungen tödten allerdings augenblicklich, allein langsamere oder kleinere Blutungen erlauben ganz wohl eine Erholung des Verletzten oder Operirten. Wir dürfen nicht vergessen, dass die Ernährung den Parenchymsaft als Zwischenglied besitzt zwischen dem Zelleninhalte und dem in den Gefässen kreisenden Blute. Ich glaube, dass bei älteren Leuten eine mässig grosse Blutung acuten Marasmus herbeiführen kann, nachdem eine Reihe von Stunden scheinbares Wohlbefinden und Erholung beobachtet wurden.

Bei der Rigidität der Membranen wird der geschwächte Blutdruck nicht mehr ausreichen, genügenden Parenchymsaft abzusondern, die Function der Organe, das scheinbare Wohlbefinden wird aber noch so lange möglich sein, als der im Parenchyme aufgespeicherte Saft zur normalen Zusammensetzung des Zelleninhaltes ausreicht. Dann wird ohne jede andere Veranlassung jener Collapsus folgen, welcher so oft fälschlich als ein neuroparalytischer Vorgang — als Schok — bezeichnet wurde.

Recht deutlich sieht man diess oft, wenn man an älteren Leuten eine Carotis-Ligatur gemacht hat. Ein Paar Tage scheinen sie den Eingriff glücklich zu überstehen, man bemerkt in keiner Hirnfunction Störungen, obwohl die Kreislaufs-Verhältnisse in den ersten Tagen die ungünstigsten sein müssen, weil nach und nach doch durch Collateral-Circulation nachgeholfen wird. Trotzdem treten erst nach ein Paar Tagen Schwindel und andere üble und gefährliche Zufälle auf.

Ich denke mir hier eben wieder, dass das aufgespeicherte Parenchymwasser noch für die ersten Tage reichte.

Jene oft angestaunte Beobachtung also, dass alte Leute eine Operation gut überstehen, einige Tage nachher ganz wohl sind und doch nach mehreren Tagen verfallen und sterben, findet durch den eben bezeichneten Ernährungsmangel eine genügende Erklärung.

Wenn aber ganz ähnliche Verhältnisse bei jungen, kräftigen Männern gesehen werden, wenn, wie diess in der That häufig der Fall ist, ein junger Mann eine Eisenbahn-Verletzung, eine Maschin-Verletzung, eine durch directe Gewalt entstandene Knochenzersplitterung erfährt, sich von dem gewaltigen Eindrucke erholt, mehrere Stunden, selbst Tage lang ganz wohl befindet, vielleicht amputirt wird und nach der Amputation die bessten Hoffnungen rechtfertigt, aber dennoch nach einigen Stunden oder nach ein Paar Tagen plötzlich kühl und pulslos wird, schwer athmet und unter den Zeichen des Collapsus zu Grunde geht, so können wir alle bisher erwähnten Erklärungen nicht benützen, sondern müssen nach einer anderen Todesursache suchen, wenn wir nicht, wie es bisher fälschlich geschah, auch den Schok der Verletzung beschuldigen wollen.

Ich habe bereits erwähnt, dass von einem Tode durch Schok nicht mehr die Rede sein darf, wenn zwischen Verwundung und Tod viele Stunden oder selbst Tage guten Wohlbefindens eingeschaltet sind; hier kann von keinem septischen Zustande gesprochen werden, denn alles, was dem Zerfalle sich neigte, wurde durch die Amputation entfernt.

Hier kann von keinem Marasmus die Rede sein, denn es sind ja junge kräftige Männer, welche sofort nach der Verletzung wieder genügende Nahrung nehmen.

Das Mikroskop, dessen praktischer Werth so oft verkannt und unterschätzt wird, die pathologische Anatomie, das Experiment, diess Alles hat zusammengeholfen, um uns auch über diese Todesart eine ausreichende Aufklärung zu geben.

Virchow, Bergmann, Czerny, Uffelmann, ganz vorzüglich Wagner und Rusch haben hierüber interessante Arbeiten geliefert und mein früherer Assistent, Dr.

Halm, machte unter der Leitung unseres hochverehrten Collegen v. Buhl in den letzten Monaten Experimente, welche über den Grund dieses tödtlichen Collapsus keinen Zweifel mehr lassen.

Bei diesen Knochenzermalmungen wird mehr oder weniger die Markhöhle des Knochens zerstört und das Fett des Markes durch die grösseren Gefässe des Markes und durch die klaffenden Knochenvenen in das Blut aufgenommen. Dadurch entsteht nun in den Capillaren der verschiedensten Organe, namentlich aber in den Lungen eine **Fettembolie**, welche, wenn sie bedeutend ist, von keinem Organismus überwunden wird, sondern unter den Zeichen heftigster Athemnoth und unter den Zeichen eines raschen Collapsus zum Tode führt.

Die gemachten Experimente haben gezeigt, dass man sogar bei jeder Knochen-Verletzung, bei jedem Beinbruche eine Fettembolie erhält und Czerny erzählt, zwei einfache Beinbrüche daran verloren zu haben. Diess dürfte zwar eine sehr grosse Seltenheit sein, denn nur bei bedeutenden Zermalmungen des Knochens, wie wir selbe bei Maschinen- und Eisenbahn-Verletzungen beobachten, wird die Fettembolie eine gefährlich grosse.

Kleinere Quantitäten von Fett, welche nur eine geringe Zahl von Capillaren verstopfen, dringen durch die Gefässe in das Gewebe, vertheilen sich fein und werden resorbirt, oder auch von den Nieren wieder ausgeschieden. Bedeutende Embolien aber machen, wenn selbe auch nicht zu metastatischen Abscessen führen, eine so grosse Partie der Lungencapillaren unwegsam und erzeugen wegen dieser Unwegsamkeit in ihrem nachbarlichen Gewebe eine so bedeutende Blutüberfüllung, dass ein starkes und tödtliches Lungen-Oedem auftritt.

Plötzlich wird der Kranke, welcher vielleicht einige Stunden nach seinem Eisenbahn-Unglücke amputirt wurde und sich 20—30—100 Stunden ganz wohl befand, von einer heftigen Angst und Athemnoth befallen, rasch sinkt die Temperatur auf 34—35° und wird der Puls unfühlbar und schnell.

Alle Bemühungen durch Camphorinjection, Erwärmen der Peripherie, Reizung der Haut etc. den Collapsus zu verhindern, blieben bis jetzt erfolglos. Der Tod tritt in ein Paar Stunden unter den Symptomen des Lungen-Oedemes und höchster Erschöpfung ein.

Diese Todesart ist natürlich nicht neu. Es werden in allen Jahrhunderten viele Menschen so gestorben sein, allein bis zur neuesten Zeit stellte man diese Todfälle in die Rubrik des Schokes, wohin sie aber, wie Sie sehen, wieder nicht gehören.

Endlich möchte ich Ihnen noch mehr erzählen von jener Experimenten-Reihe, welche ich bereits erwähnte, welche im letzten deutschen Chirurgen-Congresse zu Berlin von Hrn. Collega Wegner mitgetheilt wurde, und welche mir wissenschaftlich wie praktisch eine grosse Tragweite zu haben scheint.

Die statistischen Zahlen des Schokes werden durch das Endresultat dieser Experimente wieder um ein Bedeutendes verkleinert werden. Wegner fand nemlich durch eine grosse Zahl mit äusserster Genauigkeit an Thieren ausgeführter Experimente, dass der so häufig beobachtete Collapsus nach grösseren Operationen am Unterleibe, namentlich nach Ovariotomien, welchen Collapsus man bisher immer als Schok bezeichnete, nicht durch den neuroparalytischen Einfluss der Angst, der Narkose und der Verletzung hervorgerufen wird, sondern dass dieser Collapsus das Resultat der Einwirkung sei, welche eine starke **Abkühlung des Bauchfelles** reflectorisch auf die Herzthätigkeit ausübe.

Das Bauchfell besitzt eine enorme Quadratfläche. Selbe ist nahezu ebenso gross, wie die Oberfläche des ganzen Körpers. Bei einer mittelgrossen weiblichen Person fand Wegner die Körperoberfläche 17502 Quadrat-Centimeter und die Peritonaealfläche 17182 Quadrat-Centim. gross, so dass die Quadrat-

Fläche des Bauchfelles nur um 420 Quadrat-Centim. kleiner ist als die Körperoberfläche; allerdings ist hier auch der Ueberzug des ganzen Darmes, der Leber, des Netzes etc. mitgerechnet, welche Flächen doch bei Operationen sehr selten alle zur Abkühlung kommen dürften; allein wie Wegner's Experimente zeigen, bleibt bei allen Laparatomien die durch Abkühlung gefährdete Bauchfellfläche immerhin bedeutend genug. Dazu kommt aber noch, dass die Abkühlung am Bauchfelle, welches immer feucht ist, durch Verdunstung sehr befördert wird, während die trockene Körperoberfläche durch schlechte Wärmeleiter: Epidermis und Haare der Abkühlung grosse Hindernisse setzt. Endlich wird durch Eröffnung des Bauches der elastische Druck plötzlich aufgehoben, welchen die Bauchdecken auf die Baucheingeweide und auch auf das Bauchfell ausüben, welcher Druck gerade beim Vorhandensein eines Ovarientumors, eines Ascites etc. sehr bedeutend war.

Sofort nach Aufhebung dieses Druckes füllen sich alle Venen und Lymphgefässe der Unterleibsorgane und des Peritonaeums strotzend, ja manchmal mit solcher Heftigkeit, dass Gefässe zerreissen und Apoplexien entstehen. Die Blut-Ueberfüllung gibt aber dieser Abkühlung neues Material.

Die dadurch abgekühlte grosse Blutmasse bringt nun die Kälte auch in alle lebenswichtigen Organe, in die Medulla oblongata, in den Herzmuskel und setzt die Function aller Organe bedeutend herab, kann selbe sogar aufheben.

Dazu kommt noch ein neuroparalytischer Reflex, welcher bei Paralysen des Darmes auf das Herz bemerkbar ist. Die Kälte verlangsamt die peristaltische Bewegung, ja das Auflegen einer eiskalten Compresse auf den blossgelegten Darm bewirkt sogar plötzliche Lähmung des Darmes und diese macht einen äusserst ungünstigen Reflex auf das Herz.

Wenn Wegner an einem Versuchsthiere bei der gewöhnlichen Zimmertemperatur die Laparatomie machte und die Peritonaealhöhle der Luft aussetzte, so fand die Abkühlung in der Weise statt, dass die Temperatur des ganzen Individuums, welche mittelst eines in das Rectum eingeführten Thermometers gemessen wurde, Anfangs rasch und später langsamer sank. Wurde der Versuch stundenlange fortgesetzt, so trat zuerst Darmlähmung, dann Stillstand der Respiration und Herzthätigkeit ein, und hiemit der Tod.

Wenn Wegner aber nach gemachter Laparotomie auf die blosgelegten Gedärme warme Dämpfe leitete, so konnte das Experiment 7—8 Stunden fortgesetzt werden, ohne dass Respiration oder Herzthätigkeit beeinträchtigt wurden, ohne dass ernste Erscheinungen eintraten.

Schon bei einer Abkühlung bis auf 32° wurden aber Herz- und Lungen-Function sehr schwach und die Thiere waren somnolent. Ging die Temperatur unter 29° herunter, so trat Scheintod ein und kamen die Thiere ohne künstliche starke Erwärmung nicht mehr zum Leben; brachte man die Thiere aber auf diese Weise wieder zum Leben, so starben sie doch fast alle nach 1—2 Tagen an Erschöpfung, weil die edelsten Organe während der Abkühlungsperiode offenbar so grosse Störung erlitten hatten, dass sie in der Reactionsperiode nicht mehr genügend widerstandsfähig waren.

Wird die Abkühlung also nicht zu weit getrieben, so tödtet die Abkühlung selbst wohl nicht, aber die Thätigkeit und Widerstandsfähigkeit des Herzens und der Lunge werden so geschwächt, dass die Reactions-Periode nicht glücklich überstanden werden kann.

Wegner machte eine Reihe von Experimenten, welche beweisen, dass das so sehr gefürchtete Peritonaeum grosse Eingriffe erträgt, wenn die eben beschriebene Abkühlung vermieden wird.

Man hat grosse Quantitäten von Wasser, Kochsalzlösungen, Milch, Blutserum, selbst von Urin in die Peritonaealhöhle injicirt, und wenn die injicirte Flüssigkeit Wärmegrade hatte, die der Körperwärme ähnlich oder gleich waren, so blieben die Versuchsthiere vollkommen gesund und die Flüssigkeiten wurden resorbirt. Das Peritonaeum erträgt in der That derbe Eingriffe, wenn septische Processe und Abkühlung verhindert werden. Ich möchte Ihnen als Beispiel von dessen Toleranz einen Fall erzählen, welcher im Jahre 1850 von Patry in Sainte-Maure beobachtet und mitgetheilt wurde.

Ein 11jähriger Hirtenknabe schlief nach einer reichlichen Mahlzeit am Boden liegend ein. Ein Stier schlitzte ihm mit den Hörnern den Bauch auf, zerriss ihm Netz und Milz. Fast alle Baucheingeweide fielen heraus, wurden mit Sand und Steinchen, Stroh und Heu beschmutzt; ein Dünndarmstück war von einem Dorne durchstochen. Der Knabe kroch an einen trocknen Graben hin und liess sich dort hinabfallen, um sich der Wuth des Thieres zu entziehen. Erst nach einer Stunde hörte man sein Hülfegeschrei und es dauerte noch eine zweite Stunde, bis er in die Hände des Arztes kam. Unterdessen waren die Gedärme von der Sonne vertrocknet.

Man weichte selbe mit warmen Wasser auf, befreite sie von allem Schmutze und brachte sie, nachdem man auch die Bauchhöhle mit warmem Wasser ausgewaschen und einzelne Fetzen des Netzes weggeschnitten hatte, allmälig in die Bauch-Höhle zurück, was auch bis auf den enorm ausgedehnten Magen gelang. Da derselbe durch Ausstreifen und Drücken nicht entleert werden konnte, wurde zweimal eine grosse Dosis Brechweinstein gereicht, der Magen dadurch entleert und die Reposition desselben möglich.

Endlich wurde die Bauchwunde durch die Zapfennaht vereinigt. Die Heilung erfolgte vollkommen und ohne ernste Symptome und als Patry den Knaben nach 9 Jahren wieder sah, war er ganz gesund, nicht einmal mit einer Hernie behaftet.

Müssen wir hier auch eine ausnahmsweise kräftige Constitution annehmen, so sehen wir doch daraus wie tolerant das sonst so gefürchtete Bauchfell unter gewissen Bedingungen sein kann, denn ein anderes Mal wurde eine einfache Explorativ-Incision in den Leib gemacht, wieder zugenäht und dennoch folgte der Tod unaufhaltsam nach.

Wenn nun Kranke unmittelbar nach Laparatomien oder Ovariotomien oder 1—2 Tage nachher collabirten, kalt und pulslos wurden und starben, und die Obduction fand weder Entzündungsproducte noch innere Blutungen noch septichaemische Verhältnisse, so sagte man allgemein, dass selbe am Schoke des grossen Eingriffes gestorben seien. Bei näherer Betrachtung der Wegner'schen Experimente wird man aber eine Analogie mit diesen Todfällen nicht verkennen und ich glaube, dass durch diese Experimente der Schok-Statistik wieder ein bedeutendes Material entrissen wurde.

Wenn ein Operateur die Vorkommnisse bei allen seinen Ovariotomien und Laparatomien überblickt, so wird er sich erinnern, dass·fast alle jene Kranken collabirten und starben, wo der Bauchschnitt sehr gross war, die Gedärme lange der Luft ausgesetzt waren, viel hin und her gelegt wurden, und nach jeder Richtung hin der Abkühlung Raum und Zeit gegeben wurde. Plötzlich sank die Herzthätigkeit, der Puls verschwand, die Respiration wurde langsam und hörte auf; geradeso wie bei Wegner's Experimenten durch Abkühlung der Darm gelähmt und reflectorisch das Herz beeinträchtigt wurde. Führt ein solcher Collapsus bei Ovariotomien auch nicht jedesmal sofort zum Tode, wird auch durch Reizmittel und künstliche Erwärmung wieder Leben gebracht, so sind diese Fälle doch meist verloren, weil eine im Abkühlungs-Stadium an den edelsten Organen erzeugte pathologische Veränderung die Widerstandsfähigkeit herabsetzt, welche nothwendig ist, wenn die im Reactions-Stadium auftretenden Störungen überwunden werden sollen. Man staunt sich dann am Sectionstische, dass eine so kleine umschriebene Entzündung, ein so kleiner Bluterguss etc. bei dem relativ kräftigen Individuum den Tod bringen konnte.

Es ist sehr erklärlich, dass alle solche Fälle früher dem

Schoke zugeschrieben wurden, so lange man von diesen Studien nichts wusste.

Die septichaemischen Vorgänge, die Anaemie alter Leute, die Fettembolie nach Knochen-Verletzungen und die nun besprochene Abkühlung des Peritonaeums haben aber, wie Sie sehen, die Statistik des Schokes sehr verkleinert, und die Kenntniss dieser Zustände kommt auch den Heilresultaten sehr zu Gute.

Können wir auch gegen den schlimmsten Feind, gegen das Alter, gegen den Marasmus nichts anderes leisten, als bei Operationen mit jedem Tropfen Blute recht zu sparen und in allen Stadien der Krankheit die Ernährung möglichst unterstützen; stehen wir auch der besprochenen Fett-Embolie gegenüber ziemlich machtlos da, weil wir eine sofort nach der Knochenverletzung eintretende Fettresorption mit nichts verhindern können: so dürfte aus den gemachten Experimenten doch die Lehre hervorgehen, zerschmetterte Glieder möglichst früh zu amputiren, und beim leisesten Verdacht auf Fettembolie durch energische Reizmittel die nicht betheiligten Partien der getroffenen Organe vielleicht zur gesteigerten Thätigkeit anzuspornen, und die Spannungs-Zustände im Herzen und in den Gefässen zu steigern, damit das Fett vielleicht durch die Thätigkeit der Nieren ausgeschieden werde. Kräftige Reiz- und gute Nahrungsmittel werden jedenfalls leichteren Fällen sehr nützen, wenn sie auch für vehemente Vorgänge dieser Art werthlos bleiben.

In jenen Fällen, wo eine rasche Septichaemie den Schok simulirt, ist bereits therapeutisch sehr viel geleistet worden. Die Desinfection und Drainagirung der Wunden, wie sie bei der antiseptischen Methode ausgeführt wird, lässt eine Septichaemie nicht mehr befürchten, sobald die Wunde in die Hände des Arztes gekommen ist. Blutgerinnsel, deren Zersetzung so oft zur Sepsis Veranlassung waren, können, wie sich jeder Chirurg, der die Lister'sche Methode strenge übte, überzeugt hat, nicht allein von fauliger Metamorphose bewahrt werden, sondern können sogar zum Fortleben, zur Organisation, zur Gefässneubildung gebracht werden.

Noch in neuester Zeit haben zwar Männer von grosser Bedeutung den Satz vertheidigt, dass sich das Blut nur so lange erhält, als es in den gesunden Gefässen weilt und dass, sobald die Gefässe erkranken, oder das Blut aus den Gefässen tritt, eine Fermentation und Zersetzung desselben stattfindet.

Meine Wenigkeit und viele andere Chirurgen haben sich aber auf das Bestimmteste und mit grosser Freude davon überzeugt, dass Blutcoagula unter Anwendung der Lister'-schen Methode so vollkommene Organisation und Gefäss-Neubildung eingingen, dass man, wurden sie nach 10—12 Tagen angeschnitten, frisches Blut herausquillen sah.

Wiederholt habe ich bereits diesen Fortschritt zur raschen Ausfüllung von Knochendefecten nach Resectionen oder complicirten Fracturen ausgebeutet. Leider scheinen jene Gelehrten, welche es für einen Götzendienst und eine Schande halten, den Lister'schen Lehren strenge zu folgen, diess nie beobachtet zu haben.

Demjenigen, welcher solche Beweise sieht und welcher, wie meine Wenigkeit, durch Einführung der streng Lister'-schen Methode die Mortalität seiner chirurgischen Abtheilung um 50 Procent herabsetzte, das Erysipelas, die Pyaemie und den Hospital-Brand gänzlich verbannte, ist ein solcher Götzen-Dienst wohl verzeihlich *).

---

*) Wiederholt durchgehen Collegen, namentlich solche, welche früher Augenzeugen waren, wie in unserer Klinik die Pyaemie wüthete, fast jeden Schweroperirten tödtete, wie der Hospitalbrand die kleinsten Wunden so vergrösserte, dass Arterien angefressen und Amputationen nöthig wurden, welche sich noch erinnern, dass das Erysipelas fast an jedem Bette gefunden wurde, meine Abtheilung mit strengen kritischen Blicken. Nicht Eine Pyaemie, nicht Einen Hospitalbrand, nicht Ein Erysipelas können selbe auffinden. Heitere Gesichter, überraschende

Ganz besonders segenbringend für die Therapie scheint mir aber der letzte Punkt der heute angeführten Untersuchungen zu sein. Die Abkühlung der Blutmasse, die Abkühlung des Peritonaeum's, welche das vollendete Bild eines Schokes nachahmt, und ganz bestimmt sehr oft bisher den Tod zur Folge hatte, kann mit grosser Sorgfalt zweifellos auf eine viel geringere Zahl von Fällen und auf einen geringeren Grad beschränkt werden.

Bevor Wegner's ausgezeichnete Arbeit erschienen war, haben schon alle Ovariotomisten viel auf eine erhöhte Zimmer-Temperatur gehalten. Ich möchte sagen: der Instinct hatte schon auf die richtige Bahn gelenkt. Nachdem aber diese schönen und beweisenden Experimente vor uns liegen, werden wir uns eilen, jede Laparatomie, jede Ovariotomie möglichst rasch zu vollenden.

Wir werden keine Darmschlinge überflüssiger Weise hin und her legen, werden alle Eingeweide, soweit wir sie nicht beschauen müssen, während der Operation warm decken, Schwämme, Instrumente, antiseptische Solutionen nicht kalt anwenden. Wir werden in stark gewärmten Zimmern operiren und durch fortwährendes starkes Einwärmen der Peripherie der gesammten Blutmasse das an Wärme wieder geben, was ihr durch Abkühlung der enormen und nach Aufhebung der Bauchpresse mit Blut reich überfüllten Peritonaealfläche an Wärme entzogen wird.

M. Baker Brown belegte seine Kranken unmittelbar nach der Ovariotomie am ganzen Körper mit sehr warmen Cataplasmen und machte die Mittheilung, dass jene Operirten, bei welchen es dadurch gelang, die ganze Peripherie so zu wärmen, dass eine Hypersecretion der Schweissdrüsen eintrat,

---

Resultate sind dafür in unsere einst so gefürchteten Räume eingezogen, und keiner, der Kopf und Herz an rechter Stelle hat, verlässt unsere chirurgische Klinik jetzt ohne sichtliche Freude.

nahezu sicher gerettet wurden. Die heute mitgetheilten Experimente dürften für diese Beobachtung den Schlüssel geben.

Ein gewisses Maass muss zwar natürlich auch hiebei eingehalten werden, denn zu hohe Wärmegrade brächten noch grössere Gefahren. Eine Temperatur über 43° C. genügt, um die Lebens-Thätigkeit definitiv zu vernichten. Die Erregung der Circulation, Respiration und des Centralnerven-Systemes, welche dadurch entsteht, wird, wenn sie nicht ganz vorübergehend kurz ist, definitiv todbringend. Allein eine solche Ueber-Erwärmung ist nicht leicht zu befürchten, denn es ist schon ein sehr grosser Aufwand von Mühe und Sorgfalt nöthig, wenn wir in solchen Fällen die normale Körperwärme erringen, und unser eigenes Gefühl schützt uns deutlich vor Uebertreibungen.

Ich bin fest überzeugt, dass durch Berücksichtigung der eben besprochenen Experimente die Statistik der Laparatomien und namentlich der Ovariotomien wieder um ein Bedeutendes gebessert wird.

Es wird mit Aufmerksamkeit schon meist gelingen, jenen acuten Collapsus zu vermeiden, welcher bis jetzt immer als Schok bezeichnet worden ist.

Namentlich aber wird sich der günstige Einfluss dieser Erfahrungen bei den Nachkrankheiten geltend machen. Manche kleine Peritonitis, welche bis jetzt gegen unser Erwarten tödtlich verlief, wird jetzt einen günstigen Ausgang nehmen, weil der Organismus seine Widerstandsfähigkeit nicht wie früher durch eine die Function der edelsten Organe herabsetzende Abkühlung des Blutes eingebüsst hatte.

Während man früher das Peritonaeum für ein äusserst vulnerables Gebilde hielt, haben wir dasselbe jetzt von einer ganz anderen Seite kennen gelernt. Wir haben nun eine Reihe von Beweisen dafür, dass dasselbe gegen sehr ernste Eingriffe tolerant bleibt, hingegen für septische Vorgänge seiner ausserordentlichen Resorptionsfähigkeit wegen ungemein empfindlich ist.

Werden aber septische Producte verhindert, und wird die Abkühlung des Blutes vermieden, so kann man Alles wagen, was dem Verstande nicht widerspricht. Jahrhunderte lebte man eben in der Täuschung und verwechselte den Tod durch Septichaemie mit der traumatischen Peritonitis.

Alle diese neuen Erfahrungen sind im höchsten Grade ermuthigend und man wird jetzt manches Leben retten, das früher wegen einer zu sehr gefürchteten Operation verloren ging.

Denken Sie nur z. B. an die grosse Zahl jener, welche jährlich an Ileus sterben. Bisher war es Sache der Prosectoren, die Ursache des Ileus am Leichentische zu suchen. Nun aber wird der Chirurg den pathologischen Anatomen diese Aufgabe oft abnehmen und diese Frage schon am lebenden Kranken lösen. Ein gespannter adhaerenter Netz-Strang, eine innere Einklemmung etc. ist es, was das Leben raubt. Mit einem Fingerdrucke ist es vielleicht rettbar, wenn man es wagt, die Peritonaealhöhle zu eröffnen, und nach dem Hindernisse zu suchen.

In der That, meine verehrten Herrn Collegen, jetzt, wo wir wissen, dass septische Processe mit Sicherheit vermieden werden können und dass es oft diese allein waren, welche derartige Eingriffe zu gefährlichen Wagnissen machten, jetzt halte ich es geradezu für strafbar, wenn man einem kräftigen Menschen sterben zuschaut, wenn es wahrscheinlich ist, dass nur eine ganz kleine mechanische Störung am Darme den Tod bringt, eine Störung, die zweifellos leicht gefunden und ebenso leicht beseitigt werden kann.

Ich habe daher nicht den geringsten Anstand genommen, an einem hoffnungsvollen jungen Manne, der wegen Ileus vor 5 Wochen auf meine Klinik kam, die Laparatomie zu machen, nachdem alle pharmaceutischen Mittel vergeblich probirt waren.

Der junge Mann hatte auf beiden Seiten Leistenbrüche gehabt. Der rechte war plötzlich etwas schmerzhafter geworden, ging aber ebenso leicht wie der linke zurück. Von einer Einklemmung war keine Rede und doch bildete sich ein vollkommener Ileus aus. Ein sogenannter Einlauf, den ich mit einem Trichter und einem 4 Schuh langen Cautschukrohre mehrmals in den Mastdarm machen liess, brachte immer 3—4 Liter warmes Wasser in den Darm, löste aber das Hinderniss nicht. Auch eine Brausemischung von 2 Liter kohlensaurer Sodalösung und 1 Liter einer Lösung von Wein-Steinsäure blieb erfolglos.

Der Singultus nahm zu, Ausleerungen und Blähungen kamen schon 12 Tage nicht mehr zu Stande. Das Erbrechen wurde immer hässlicher und am 12. Tage erbrach der arme Kranke grosse Schüsseln voll deutlichen Kothes.

Weder starkes Husten, noch Herumgehen bewirkte ein Wiedervorfallen der beiden Hernien, was ich gerne gesehen hätte; beide Bruchpforten waren vollständig frei und durchgängig und der Schmerz war auf keine bestimmte Stelle beschränkt, sondern breitete sich über den ganzen Bauch aus. Nachdem massenhaft Koth gebrochen war, fürchtete ich einen baldigen Collapsus, und unternahm sofort die Laparatomie.

Natürlich waren alle antiseptischen Vorschriften auf das Genaueste erfüllt. Die Bauchhaut war rasirt, gewaschen, mit 5procentiger Carbolsolution desinficirt, ebenso das Operationsbett befeuchtet, Instrumente und Schwämme lagen in 5 procentiger Carbolsäuresolution, alle unsere Hände waren damit sorgfältig gewaschen. 2 Dampfspray beherrschten das Operationsfeld. Der Operationssaal, alle Solutionen, alle Wäsche waren wohl durchwärmt, die ganze Körperoberfläche hatte ich mit trockenen heissen Tüchern belegen lassen, um so an Wärme zu ersetzen, was durch Abkühlung auf der blossgelegten Peritonaealfläche verloren gehen möchte.

Ich sagte soeben, dass ich eine Laparatomie jetzt für eine

ungefährliche Operation halte. Ich darf aber nicht vergessen hinzuzusetzen: nur unter Beobachtung aller antiseptischen Vorsichtsmaassregeln.

Stabsarzt Dr. Bratsch narcotisirte den Kranken; meine Assistenten: die DDr. Lindpaintner, Winter, Egger, Messerer, Seydel und Frobenius, assistirten.

Nachdem der junge Mann gut narcotisirt war, machte ich zwischen Nabel und Symphyse in der Linea alba einen 10 Centimeter langen Hautschnitt, durchschnitt dann die Fascien und Muskeln, unterband 4 spritzende Gefässe mit Catgut, eröffnete mit Hohlsonde und Messer das mit dem Netze adhaerente Peritonaeum, wusch meine blutigen Hände nochmals mit 5procentiger Carbolsäurelösung, und ging endlich mit der rechten Hand in den Peritonaealsack hinein, um die Ursache des Ileus zu suchen. Sofort fand˙ich rechts vom Nabel einen ganz dicken, von massenhaftem Darminhalte ausgedehnten Dünndarm und hart neben ihm ein ganz leeres schmales Darmstück, wie die schematische Figur I versinnlicht.

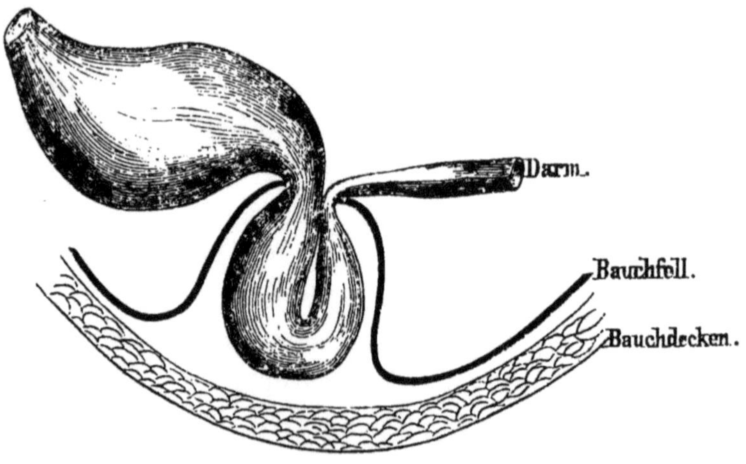

In dieser Nachbarschaft musste zweifellos der Krankheitsherd sein, sonst wäre das eine Darmstück nicht so voll und gespannt, das andere nicht so leer gewesen. Ich bin fest überzeugt, dass das Auffinden des Hindernisses meist leicht möglich ist, denn die Vollheit des einen und die Leerheit des anderen Darmstückes muss stets stark markirt sein.

Ich liess meine Finger am vollen gespannten und sehr übermässig ausgedehnten Darmstücke nach abwärts gleiten und fand auch sogleich einen runden sehr fest einschnürenden Ring, welcher sowohl das dicke als das dünne Darmstück umschlossen hielt.

Nachdem ich mich ein wenig orientirt hatte, war es mir klar, dass der einschnürende Ring nichts anderes war, als ein perforirter und nach Innen gestülpter derber Bruchsack, durch dessen Perforationsöffnung eine Darmschlinge durchgedrungen war und eingeklemmt wurde.

Ich wollte diesen einschnürenden Ring, welchen das perforirte Peritonaeum gebildet hatte, mit meinen eingeführten 2 Zeigfingern erweitern und den eingeklemmten Darm befreien, was mir aber wegen Festigkeit des Ringes erst gelang, nachdem ich denselben zweimal ziemlich ergiebig mit einem stumpfen Tenotome eingeschnitten hatte.

Dann aber konnte ich auch sofort die geklemmte Darmschlinge herausziehen und war vollständig überzeugt, dass hiemit der Ileus gehoben war. Die schematische Figur II mag zeigen, wie sich die Verhältnisse ungefähr gestalteten. Vielleicht ist diese Lagerung des Peritonaeums zugleich eine Radical-Operation der früheren Hernie.

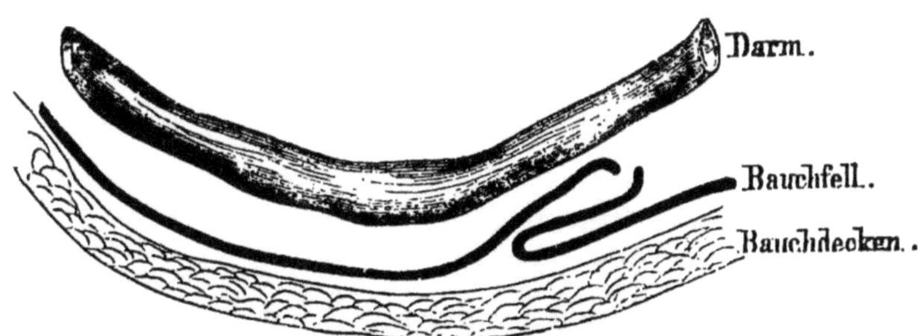

Nun reinigte ich die Gedärme schnell ein wenig von Blut, legte am unteren Wundwinkel eine Drainage ein, welche bis in den Douglasischen Raum hinabreichte, und nähte die Bauchwunde mit 3 Silberdrähten und 8 Seidensuturen fest zu. Erst als ein sehr reicher Lister'scher Verband gut angelegt war, wurden die Dampfspray entfernt.

Die Operation hatte wie ein Zauber gewirkt. Kein Singultus, kein Erbrechen, keine Spannung war mehr zu beobachten und 2 Stunden nach der Operation kam ohne jedes Zuthun der Kunst reichlicher Stuhl und gingen viele Blähungen ab. Man sah, Alles war wieder in Ordnung. Nicht die mindeste Reaction folgte. Der grässlichste Zustand war in Wohlbefinden verwandelt.

Da die Drainage kein Secret zu Tage förderte, wurde sie täglich beim Verbande, welcher natürlich auch stets unter dem Dampfspray gewechselt wurde, etwas verkürzt und am 6. Tage, wo die Bauchwunde ganz geheilt war, weggelassen.

Bei unserem Kranken kamen zwar noch schlimme Zufälle, die aber mit der Laparatomie keinen Zusammenhang hatten. — Plötzlich traten wieder Erscheinungen von Ileus auf, aber es war deutlich, dass diese Symptome von einem Reizzustande des linken Hodens und Samenstranges ausgingen, weil diese Gebilde schmerzhaft und geschwollen waren. Da aber die Hernie, welche Patient hier früher hatte, nicht vorgetreten und also auch nicht eingeklemmt war, so dachte ich, es möchte hier einer jener seltenen Fälle vorliegen, wo das Bild einer Incarceration durch einen entzündeten und eiternden Bruchsack geliefert wird. Ich erinnerte mich an die interessanten Krankheitsgeschichten, welche Herr Collega Danzel vor mehreren Jahren veröffentlicht hatte, chloroformirte den Kranken, präparirte den Samenstrang, und fand in der That einen Löffel voll Eiter im leeren Bruchsacke eingeschlossen.

Die Operation war nach antiseptischer Methode gemacht und eine Drainage eingelegt worden. Sofort waren alle Besorgniss erregenden Symptome verchwunden; das Erbrechen hörte auf, Stuhl und Blähungen kamen ohne Kunsthilfe, und jetzt blieb Alles auch in Ordnung.

Unser Kranker war zwar noch von Mancherlei geplagt worden, was aber wieder mit der Laparatomie in keinem Zusammenhange stund. Er hatte noch eine Angina und einen Bronchialkatarrh durchzumachen und bekam durch den Carbol-Verband des eiternden Bruchsackes offenbar eine ernste Carbol-Säure-Vergiftung. Pfundweise räusperte er schaumigen Speichel heraus, Eckel und Brechneigung quälten ihn, und der dunkelgrüne Urin betrug in 24 Stunden kaum 500 Cubikcentimeter. Sobald aber der Carbolverband weggelassen wurde, kam Alles in ein normales Geleise. Er entleerte in 24 Stunden wieder gegen 3000 Cubikcentimeter tadellosen Harn, hatte prächtigen Appetit und erholte sich unendlich rasch.

Ohne unsere Laparatomie wäre dieser junge Mann ganz sicher gestorben. Solche schöne Fälle werden sich jetzt aber bald mehren.

Auch den bis jetzt unangreifbaren Beckentumoren wird man vielleicht noch besser beikommen. Leiden der Uretheren und der Blase werden manchmal durch eine nun gefahrlose Explorativincision erkannt und dann auch gehoben werden können.

Auch an eine Radicaloperation der Hernien kann gedacht werden, wenn die Laparatomie ohne Scheu ausführbar ist, denn ein Verschluss der Bruchpforten von Innen her wäre gewiss jedem äusseren Verschlusse vorzuziehen, da auch die zu Brüchen disponirende schüsselförmige Ausbuchtung des Peritonaeums vermeidbar wäre.

Ich habe zwar unlängst Gelegenheit gehabt, einen jungen Mann zu untersuchen, dessen Bruch ich im verflossenen Jahre unter dem Schutze der antiseptischen Methode operirte. Ich hatte den Bruchsack blossgelegt, dessen Inhalt zurückgebracht, den Bruchsack möglichst hoch oben an der Bruchpforte mit

Catgut fest zugenäht und den leeren Bruchsack dicht unter der Naht weggeschnitten. Die Verletzung war rasch und ohne jeden üblen Zufall geheilt. Bis jetzt hat sich trotz verschiedener grosser Anstrengungen des Kranken nicht die geringste Neigung zu Recidive gezeigt.

Trotz dieses günstigen Resultates würde ich dennoch einen Verschluss der Pforte von Innen her vorziehen.

Alle diese grossen Fortschritte nun zeigen, dass diese neuen wissenschaftlichen Arbeiten, wovon ich Ihnen heute einige aufzuzählen die Ehre hatte, nicht allein die Statistik des Schockes in bescheidene Grenzen zurückführen, sondern auch die Mortalitätsstatistik sehr verändern werden.

Diess sind auch Beispiele, welche recht derb beweisen, wie ungerecht Jene sind, welche den wissenschaftlichen Forschungen eine grosse Einwirkung auf die praktische Heilkunde absprechen und immer meinen, dass in der Praxis Alles durch die empirischen Erfahrungen gefunden werde.

Das ewige post hoc propter hoc, auf welches so viele Aerzte schwören, beruht oft auf einem lächerlichen Zufall und bereitet zur rechten Zeit Blamagen, während Das, was der Chemiker, der Mikroskopiker, der Anatom und Physiologe findet, ohne Misstrauen verwerthet werden kann. Das allein führt zum wahren Fortschritt.

Viel Wissen macht auch viel Muth. Hat man Stellung und Macht eines Feindes erkannt, so ist er auch leicht zu besiegen.